KB129708

노랑바림

Yellow Gradation

송팔용 시집

In the late afternoon
When the yellow sun shines
on the mountains and fields

I become a deep yellow heart
and bring up my memory

「여행발자국동행」의 이야기

당신의 여행을
아름답게 만드는
시집

Yellow Gradation

노랑바림

MAAR

「시인의 말」

늦은 오후

노란 해가 온통 세상을

노랗게 비추면

나는 샛노랑 마음이 된다

차례

1부 _ 사랑하기

2부 _ 생각없기

3부 _ 행복하기

4부 _ 기억하기

1부
사랑하기

사랑에 기뻐하고 슬퍼하고 아파하고
숨을 쉴 수 없을 정도가 되서야
그리움을 알고 즐길 수 있다.

손

손을 흔듭니다
헤어질 때
아쉬운 마음 들킬까
저만치 걷다
다시 돌아서서 흔듭니다

그러다 눈 마주치면
이놈의 손모가지를
잘라야 하나

한 손을 묶으니
다른 손이 올라갑니다

들켜버린 마음이야
어쩔 수 없지만
바람이 훑고 간 방향으로
쓰러지는 잔디처럼
손 흔드는 곳으로
한없이 기울어지는
그리움

손 흔들며 행복해하다

오늘만 날인가

오늘 위에 내일을 덮습니다

동백꽃

새끼손가락 끝이
밤새 저리더니

동백나무 잎은
눈꽃을 떼고
가지 끝에 꽃을 피웠다

잎사귀 사이 볕뉘 먹고
봉우리 터뜨려
눈부신 꽃이 되었다고

가지 끝에 달린 바람이
살랑이는 꽃송이를
떨어뜨리는 오후

윤슬 위에 앉아
오수를 취하듯
노란 수술만 더 짙게 반짝인다

지난밤
심장을 도려내듯
가슴 한 켠이 그리도 시리더니

밀어 낸 자리에
그리움이 피고 졌나

동백꽃 노란 수술이
꼭 너 같아
움직일 수가 없네

꽃송이처럼 떨어지듯
내게서 멀어졌던
너의 기억들을

햇살에 살포시 싸서
쓸려 보내니
열꽃을 피우며 앓던 내 몸에
붉은 동백꽃 봉우리가 다시 맺힌다

백화등

비 내리는 아침
나무 아래 몸을 숨기고

어디선가 꽃 향이 코를 찌르더니
먼 기억들을 끄집어낸다

말없이 떠나갔던 당신
텅 빈 마음은 허공을 헤매고
지난 시간들이
끝없이 내게 달라붙는다
백화등 향기처럼

온통 새하얀 꽃잎방울들이
내 곁을 맴도는

손톱보다 작은 꽃잎에서
이렇게 오래도록
나를 기다렸던 걸까

“ 이제 와서 미안해 ” 라고 말하면
불쑥 백화등에서 네가 나올 것 같아
꽃잎들을 주워 담는다

비 오는 날
백화등 꽃송이들을 내 심장에 심어 놓는다

치자꽃이 피는 계절

치자나무 짙은 잎사귀 사이로
새하얀 설레임의 꽃이 피어나면
무중력 공간을 떠다니듯
치자꽃 향이 한껏 울창해진다

새들 사이를 맴도는 구름은
조금씩 흩어지며
바람을 불러 모으고
걸을 때마다 향기를 잡아
코끝을 간지럽힌다

치자나무 가지 사이
입안 가득 향기를 물고
한 송이 치자 꽃이 되어
서 있는 나

치자꽃이 환하게
달빛을 물어 오는 밤
향기에 취해
사랑이 다시 움틀 것 같은
오늘,

유혹

능소화의 노란 봉우리
보랏빛 꽃잎은
수줍은 처녀의 볼기

작은 바람에도
가녀린 몸짓은
뿌리칠 수 없는 유혹이 되고

봉우리째 떨어져
쌓인 꽃들은
죽어서도 다시 만나자는
간절한 약속일까

능소화가 피고 지는 것이
꼭 사람이
살고 죽는 것 같아

지나가는 사람의 마음은
담벼락에 기댄 그림자 되어
메아리를 남기며
해탈의 유영(游泳)을 한다

고사목에 핀 꽃

나무의 찢긴
살결에서 바람이 인다

웃는 듯한 모습이
당신 같아
가던 길 멈춰서고

앙상한 몸으로
온 세상 짊어지고

정지된 시간 속
남겨진 기억으로
당신은 언제부터
서 있었던걸까

깊게 박힌 바람은
오래된 흔적
온전히 지켜왔을
인연의 끈

뱉지 못할 먹먹함으로
천년의 시간을
보냈을 당신

기다림에 지쳐 울었을까
숨길 수 없었던 그리움은
오늘 흰 꽃을 피워
바람을 덮고 있네

사는 맛

산책을 하며 문자를 보냈다

오리가 등을 맞대고
서로를 지켜준다 했더니
흐르는 물 반대로 서 있는 한 놈이
쪼금 더 힘들겠다고 한다

도발적이다

추위를 둘로 나눠
절반을 줄여 주겠다 하니
꿈보다 해몽이란다

눈이 오려나 비가 오려나
겨울은 추워야
제맛이라고 했더니
겨울이 먹는 건가라며
흐린 날도 있어야
사는 맛이 있지라고 한다

사는 것도
먹는 건가라고 말하려다
문득 '사는 맛'은
어떤 맛일까? 생각해 본다

혀에서 이루어지는
맛에 달콤함
굳은살도 혀에 박히면
사는 맛이 되는 걸까
곁에 있어도 그리워지는

문자를 보낸다
잠들었던 나의 심장에
또다시 파문이 인다

흐르는 마음

새벽까지 뒤척이다
세로로 누워 하늘을 본다

어둠을 덧입힌
붉은 청록색 하늘에
봉선화로 물들이고 싶은
손톱이 있다

함께 걸었던 뚝방길
우리의 입맞춤은
초저녁 밤하늘의
별빛처럼 선명한데

같은 하늘 다른 공간
조금씩 짙어가는 추억
조금씩 파먹은 풍경은 흐려지고

누군가 잃어버린 손톱만이
덩그러니 남아
파란 하늘 뒤로 사라진다

언제쯤 보름달이 되어 있으려나

흐르는 강물처럼
어디론가 흘러가는
내 마음은

오늘 밤
보름달 만나는 꿈을 꾼다

착각

나뭇잎 흔들리는 곳에
바람이 있는 줄 알았더니
지나가는 거였고

모든 만남은
인연인 줄 알았는데
착각이었고

요동치는 심장이
사랑인 줄 알았더니
질투였고

눈물 흘러
이별인 줄 알았는데
떠나보내고 남은
추억의 그리움이더라

나는 오늘도
바람 지난 자리에
흔들리며 서 있네

걱정말아요

살다 보면 현실이 힘들고 암울하다
생각할 때 있지요
하지만 걱정하지 말아요

언제나 당신 곁에서 응원하고
빛 밝혀주는 사람 있으니

사는 게 허무고 외로워
밤잠 설칠 때가 있어도
걱정하지 말아요

품에 담아 꽉 찬 마음으로
뜨겁게 안아 주는 가슴 있으니

사랑에 빠져 서로의 마음을
확인하지 못해 괴로울 때가 있어도
걱정하기 말아요

언제나 손등 어루만져 꼭 잡아 주고
보듬어 주는 따뜻한 손이 있으니 말입니다

이런 사람이 그립다

손때 묻은 오래된 책을
너에게서 선물 받던 날
나는 네가 되는 느낌에 빠졌어

네가 책 속의 풍경을 끌어내
일상처럼 이야기를 들려줄 때
너에게 편안함이 느껴졌어
가끔 네 곁에서 울고 싶을 만큼

어느 날, 소나무 숲
문인화를 보여 주며
밤새워 그린 그림 속으로
나를 끌고 들어갔을 때
우린 한동안 말없이
액자 속 풍경이 되어 서 있었어.

보고 싶다는 말 한마디에
땀에 젖은 얼굴로 미소를 머금고
달려와 안아 주던 너

헤어지고 돌아서면 다시,

그리워지는 네가 항상 보고 싶다

곁에 있어도

2부
생각없기

시간에 쫓겨
앞만 보고 뛰어 왔던 길을
뒤돌아 가면서 천천히 보면
오면서 보지 못한
아름다운 풍경을 보게 된다.

생각없기

대문 밖으로 나서다
잊은 게 없나
뒤를 돌아본다
최근 들어
부쩍 돌아보는 횟수가 늘었다

돌아보면 뭐하나
언제나
생각 없긴 마찬가지

들리지 않아
듣고 싶은 게 없고
기억나지 않아
기억할 게 없고
하고 싶은 게 없어
할 게 없다

대문 앞을 서성이다
안으로 들어오며
잊은 게 없나
밖을 본다

대문 옆 은행나무에
생각을 걸어둔 채
나갔다 들어갔다
그렇게 하루를 보낸다

선택의 순간

살다 보면 우리는
수많은 선택을 해야 한다

대부분
현명한 선택을 한다지만
생각만큼 쉽지 않다
선택에는
항상 후회가 남는다

얼굴이 붉어지고
화끈거리는
부끄러운 선택도 있다

그래서
원망하는 사람도 생기고
자책하는 사람도 있고
우울해지기도 한다

가장 현명한 사람은

선택을 하면

좋든 나쁘든

인정하고

잊어버리는 사람이다

나는 어떤 선택을 하고 있는 걸까

비오는 날 음악은 흐르고

내 귀를 통과한 노래가

빗속을 달려

앞서가는 자동차

뒷바퀴에 끌려가며

물안개 되어 음표를 창문에 뿌린다

빗물이 음표를 잡아

윈도우 브러시와 춤을 추며

양 갈래로 비켜서면

짧은 일 초

선명히 젖은 도로 위

선율 따라 음악은 깔리고

사방에서 튀어 오른 빗방울도

어릴 적 쳤던 풍금소리되어

빗속을 달린다

저만치 앞서가는

흩어진 노래

산산이 부서지는 빗소리를 따라

귀는 나를 떠나

앞차의 소리를 따라간다

창속에 풍경

창문에 부딪혀
새가 죽었다

유리에 비친 풍경을
착각했던 걸까
환영의 신기루를 보았던 걸까

온 힘으로
달려왔던 속도 그대로
유리창에 선명히 남긴 흔적

느낌 그대로
혼연히 꿈을 찾아
껍데기만 남기고
시간을 정지시킨 새 한 마리

창틀 사이에
낀 새털은 벗어 던진 수의

바람에 나풀거리는 햇살을 잡고
창 속 풍경에서는
한 마리 새의 날개가 여전히 팔랑인다

새가 남은 건지
흔적이 남은 건지
보는 내가 남은 건지

길의 중간

안개 내린 길
끝이 보이지 않는
희뿌연 세상 속으로 들어간다

매번 걷는 길이지만
끝이 보이지 않는 다른 풍경

오래된 다리 녹슨 흔적
세상의 모든 색은
기억에서 지워지고

방향을 잃어버리면 처음으로 돌아갈까

왔던 길 돌아봐도
가야 할 길 건너봐도
그 끝은 보이지 않는다

안개 걷히면
시작과 끝이 보이려나

그때는 왔던 길 돌아갈까
가던 길 걸어가야 할까

색 없는 세상에
갈피를 잡지 못하고 나는,

길의 어디쯤인가에서 서성이고 있다

ZENTRAL
Sprachkurse
Nachhilfe
lernstudiobarbarossa
Kraft für den Ta
Ruhe für die
103
SB KL 13

미완성

안개가 삼킨 풍경이
꽉 찬 한 장의 그림이 되어
발 앞에 섰다

그리고 있었을까
지우고 있었을까
정지된 시간처럼 남아

모든 사물을
묻어버리고
선명한 것들조차
지워버리고 마는

미완성 그림 앞에
미완성인 내가
풍경 속에서 풍경이 되어간다

보이지 않는 길
걸어왔던 발자국도 지워져
풍경 없는 풍경 속에서
나는 방황을 한다

동백향

이슬에 향기 숨긴 동백꽃
가녀린 몸짓이
어찌 그리 붉던지

이슬은 겹겹이 쌓인
꽃잎 사이로 몸을 숨긴다

꽃이 좋아 찾아왔나

동박새 한 마리가
꽃잎을 한겹 한겹 벗기니

숨을 곳 잃은 이슬은
꽃송이와 함께 떨어져 사라지고

이슬 떠난 자리에
선홍빛 향기 위로
햇빛이 부서져 내린다

입춘

겨울인데
입춘이 지나 눈이 오면 봄눈

매화꽃이 눈을 덮었다

봄인 줄 알고 핀 꽃은
겨울에 놀라 눈을 숨기고

겨울 인줄 알고 내린 눈은
봄인 것에 놀라 진눈깨비를 뿌린다

둥근집

카메라 렌즈 속에는
다른 세상이 있다

똑같은 풍경을 끄집어내
그리고 싶은 대로 보고 싶은 대로
다른 풍경으로 담아낸다

꽉 찬 풍경을
작게 쪼개고 확대해 보고

담고 싶은 풍경은 남기고
마음에 들지 않는 풍경은
렌즈 밖 세상으로 흘려보낸다

카메라는 나의 도피처
렌즈 안에 들어간 눈은
카메라 밖에서 서성이는 나를 본다

블루문

어제와 똑같은 일상
밖에 있는 풍경을
안으로 끌고 온다

안과 밖의 풍경을 궁글려
하나로 만들고

오늘이 내일이 되는
문턱에 앉아
창문에 기대앉아 달을 본다

푸르러지는 나무를 품었을까
달은,

밤하늘의 모든 행성을
삼켜버린 듯
오롯이 혼자만 떠 있는 푸른 달

손바닥으로

내 눈을 가려도

가려지지 않는 달

꼭 내 모습 같다

불면

잠이 달아났다
생각이 밀어낸 잠

좋은 기억 나쁜 기억
기쁜 일 슬픈 일
수백 가지의 생각이 엮여
열차처럼 머릿속을 맴돈다

누군가가 발자국을 남기고 가는지
멀리서 들려오는 개 짖는 소리

도망칠 수 있는
유일한 방법은 잠인데
도둑처럼 잠이 달아나 버렸으니

오늘 밤은
차곡차곡 접어서
불면의 갈피를 만들어봐야겠다

세월호

광화문에 온 봄
재잘거리며 아이들이
진도 팽목항을
끌고 왔다 간 자리

아이들의 영혼이 키웠을까
꽃은 피었지만
웃음소리는 들리지 않았다

늦은 오후 온통 하늘은
노란색으로 물들고

남겨진 사람과
떠난 이의 눈물이 꽃이 되어 피었나

내려놓을 수 없는 슬픔을 먹고 자라
향기 없는 꽃이 되어 피었나

서로에게 닿지 못하는
마음과 마음은
기억 저편에 몸을 숨긴지 오래

마지막 절규와
살아 남은자의 한(恨)은
주름 사이에 묻혀 굳어졌지만

광화문의 봄은
기억하고 있었는지
봄은 밀어내고
향기 없는 노란 꽃만 피웠다

말

하고 싶은 말을 삼키면
발효되어 몸에서 향기가 나고

하고 싶다고 삼키지 않고
내뱉은 말은
칼이 되어 서로를 겨눈다

우리가족

거울을 본다
우물처럼 깊은 강아지 눈을

맑은 눈 속에
내 마음마저
비춰지는 것 같아
손으로 눈동자를
살짝 가려 본다

내 눈도 거울이 될 수 있을까

맑고 깊은 눈으로
세월의 허망함을 읽었는지
풀이 죽어있다

들키고 싶지 않은 마음
들켜 애잔해
곁에 두고 장난 치니
펄쩍펄쩍
잘도 뛰는 것을 보면

내가 품은 내 아이가 맞구나

동갑내기

고향 집 대문 앞에 사는
은행나무는 동갑내기 내 친구다

작은 나무를
매일 뛰어넘으며
홍길동이 된다는 꿈을 꾸었고
내 작은 손바닥을
은행나무에 달아 두곤했다

더 높이 뛰어야
키가 큰다고
계절을 굴리며 뛰어 올랐다

매일 반복되는 약속이나 한 것처럼
바람을 맞으며
자라날 수 있다는 말들
노랗게 물들어 가는
잎사귀를 잡고
우리는 무럭무럭 자라났다

언제부턴가

대적할 수 없는 상대가 된 너는

꿈을 잃은 나에게 등을 내어준다

오늘도

텅 빈 고향 집 은행나무 아래 누웠다

3부
행복하기

작은 것에 아름다움을 느끼고

소소한 즐거움을 알 때

비로소 나를 보게 되고

남을 이해하게 되며

행복하게 사는 방법을 깨우치게 된다

복사꽃

솔잎 사이에서
멈춘 바람이 고개를 넘어
푸른 하늘에 기지개를 켜면

돌탑 위 이끼 솜털에
복사꽃잎이 내려앉는다

꽃 향에 취해
넋 놓고 잠자던 까막딱딱새는
산골소년 돌팔매질에 놀라
이리저리 공중에 낙서를 하고

꽃잎을 세상 밖
풍경으로 날려 보낸다

오롯이 느껴지는 복사꽃 숨소리가
산마루를 넘어
메아리로 다시 돌아올 때면

돌탑 위에 심장으로 살아나는
기약 없는 기다림

늦은 오후
복사꽃이 되어버린 내 마음을
도화지 위에 뿌려 놓으니
연분홍으로 가득 찬 숲이 되었다

글자 올리기

화선지를 열여섯 칸 접어
서예 예시글 따라 글을 놓는다

시작은 순조롭건만
모나고 삐져나온 글은
다섯 칸을 넘지 못하고
뒤집어진 멘탈은
마라톤을 시작한다

한 칸씩 떼어보면 조화롭건만
들쑥날쑥 이런 춤이 있을까
꾸깃꾸깃 찢어버린 화선지는
바닥에서 산을 쌓고

말라가는 벼루 연지
욕심도 말라가면
비로소 채워지는 열여섯 칸

열여섯 글자 중
딱 한 곳 딱 한 글자가
목에 걸린 가시 같아서

꾸깃꾸깃 버려야 할지 숨겨야 할지
망설이는데 껄껄껄 웃으며
표구해도 되겠다는 선생님 말씀에

숨긴 마음도 망설임도 잊고
흐뭇해지는 내 모습
내 얼굴에는 미소가 놓여 있다

동상이몽

삼성산 남녀근석에
연애소원 비는 마음은
서로 딴 마음

내 눈은
먼저 놈이 낳다 싶어
남근석에 가 있으니

마음 들킬까
표정 관리 힘들어

마애삼존불이
남근석과 여근석을
멀찌감치 떼어 놓아
들킬 일 없어
좋아졌네

서로 딴 마음에 기도하고

내려오는 길

서로 연애 소원

잘 빌었다 하니

등 뒤로 까마귀 날아가며

도로아미타불 하며 울고 간다

울화통

먼지 쌓인 종지 그릇에도
서랍에도 온통 동전뿐이라
생각한 것이
빈 가스통에 동전 모으기

이왕이면
큰 가스통이 좋겠다 싶어
제일 큰 놈으로 장만해
작은 구멍을 뚫어
쌓이는 즐거움에
부자 되는 꿈을 꾼다

술 먹은 날에는
오만원 십만원
기분 좋아
참 많이도 넣었다

잠자다가 일어나 쓰다듬고
이놈이 나의 참 부인 같다

가스통이 꽉 차
더 이상은 들어가지 않고
들으려 해도 움쩍도 하지 않는
이놈의 무게
한 발짝도 움직일 수 없네

그저 바라볼 수밖에 없는
내 희망을 앗아간 애물단지
담는 정성이야 포길 할 수 있지만
오랜 시간 길들인
희망은 어디서 찾나

방 한 귀퉁이에 놓인
묵직한 가스통 위에
켜켜이 쌓인 먼지를 닦아내며
실없이 웃을 수밖에

오백년 은행나무

서해 외딴섬 풍도의
오백 년 된 은행나무는
마음을 씻는 우물이라

오늘도 숨길 것 있어
섬 찾아 선착장에 도착하니
눈은 벌써
마을 뒷산에 앉고

은행나무는 어떤 마음으로 왔는지
알아차린 듯

가지에 구름 걸어놓고
둥지에 가득 바람을 잡아두고

비탈길 뛰어
마중 와서는
순식간에 내 시선을 끌고
언덕으로 가져간다

저만치 먼저 떠난 눈동자는
마음 가지 끝에 앉아서
나를 바라본다

이제는 마음 무게 덜었는지
산길 오르는 발걸음 마저 가볍다

탁구

동지팥죽 새알심만 하다고 얕봤는데
위력적인 이 속도는 뭔가?
힘 빼고 치란 소리 귀 아프게 들었지만
엇박자로 맞고 나가는 걸 어떡해

운동신경 없다는 말은 하지들 마오
한때는 에어로빅 대회서 상도 탔던 몸
삼십 년 전 학력고사 체력장은 만점 받았지

공이 빨리 오니 정신없이 나도 빨라지는걸
안 되는 줄 알지만 알면서도 왜 그랬을까

어깨에 힘이 그렇게 많이 들어갔나
손목 힘은 뺐다가도 공만 보면 불끈해
허리는 굽힐까 엉덩이를 뺄까
없어서 탈인 다리 힘은 어떻게 더 빼나
탄력 못 주는 무릎이라 스텝은 꼬이고

시키는 대로 친다 쳐도 네트에 걸리는 저 공
뜸 들여 받자고 하면 본체만체 지나가고

빗맞기라도 하면 냅다 반대쪽으로 튕겨가고
웃는 사람 따라 웃어도 웃는 게 아니다

잘 받아라 주는 공도 놓치는 헛스윙에
아야 모기 물었다 엄살도 부려보고
용케 잘 받은 공에 자신감도 가져보고

" 예예 어깨 균형을 정확히 잡으라고요?
  알았어요 손목은 움직이지 않을게요
  옙~ 다리를 정확하게 딛고 서라고요? "

자세를 낮추는 건 알겠지만 정확도가 어렵네
아, 아 이렇게 알았어. 이렇게 보내는 게 맞지
잘 갔지 내 공? 하는 사이 되돌아오는 저 공

에이, 보내면 다시 온다는 걸 왜 생각 못했을까
에이, 힘을 너무 뺐나 봐 반사신경도 안 듣네
에이, 에이 칠 때마다 한탄의 한숨소리
에이, 에이 여기 저기서 아쉬워 하는 소리

클라이밍

암벽을 열두 개로 나눠
사백 미터를 오른다

들리는 것이라곤
거친 숨소리와
둔탁한 장비의
쇠 부딪히는 소리뿐

온전히 손끝과 발끝에
무한한 신뢰에 빠진다

제각기 다른 난이도
열두 달 사람 사는 세상과
어찌 닮았던지

쌍볼트에 확보줄 걸고
몸 맡기며 열두 번을 뒤돌아본다

아무리 급경사
위험한 곳이라도
매달려 몸을 맡길 수 있기에

의지할 것 없는 현실에서
마음 둘 곳 없었던지
오늘도 바위에 매달려 뒤를 돌아본다

정상과 하늘이 맞닿은 하강점
버려야 할 기억들과
남겨야 할 육체를 분리하는 곳

열두 개의 기억을 지우고
아래로 떨어지며 중력의 무게감을 즐긴다

노적봉

북한산 노적봉
바위산은
아클리스 여신의 가슴

봉우리에
오후 햇살 비치면
바위 속 심장은
뛰기 시작하고

하얗던 바위는 숨을 쉬며
노란 젖가슴으로 생명이 된다

심장 뛰는 소리에 놀랐는지
까마귀가 활공을 시작하면

대지의 생명은
젖무덤 사이에서
여신의 체온에 녹아 잠을 자고

노적봉은 달빛 노래에
별빛 춤을 추며 밤을 산다

선자령

바람 머무는 풍광 그리워
찾은 선자령

하늘과 맞닿은
탁 트인 초원에
나지막이 석양과
바람이 머물고 있다

백두대간 넘나드는 칼바람은
풍력 발전기에 걸려
거친 소리로 내 숨소리를 훔치고

초목 수풀은
지나가는 바람을 잡아
가로로 누워 춤을 춘다

석양도 바람에 잡혔나
온통 주황 물감을 뿌리더니

넋 잃고 서 있는 나를

풍광 속으로 끌어들인다

곰배령

점봉산 앞마당 곰배령은
하늘 아래 제일 높은 꽃밭

산바람은 고개 넘다
야생화 유혹에 쉬어 가는지
꽃 몽우리 흔들며
한바탕 춤사위를 펴고

사람은 천상의 화원 보러왔다
지평선 깔고 누워
하늘에 꽃을 피우며
눈 뜨고 꿈을 꾼다

구름이 바람을 끌고 가면
꽃 향도 바람 따라가고 싶었는지
코끝에서 잠을 깨우고

내려가며 돌아본 곰배령에는
어느덧 바람과 사람이
다시 찾아와 머물고 있다

거금도

바다가 보고싶어
도착한 고흥 거금도

푸르디 푸른 하늘과 구름
수평선까지 펼쳐진 은빛 물결은
오후가 되니 금빛으로 바뀌고

짭조롬한 바닷바람이
콧잔등을 간지럽힌다

박음질하듯 바다 위를
점점이 누워있는 섬들

바다를 묶어 놓은 섬,
거금도에는
금은 없고
금빛 바다만 출렁이고 있었다

4부
기억하기

기억을 더듬어 옛 풍경을 그려볼 때

언제나 그곳에는 따뜻한 온기와 미안함이 있다

땡땡이

오늘은 밤 따는 날
학교도 가지 않는 날
십리 길 땡땡이에 룰루랄라
기분 좋은 것도 잠시

비탈을 오르내리길 수십 번
이십리 길을 훌쩍 넘겼다고
나는 십리길이나 더 걸었다고
자식놈이 머슴이냐고
막무가내로 생떼 부린다

학교는 그 자리에 잘 있을까

입가에 미소 머금고 지금이라고
어여 학교가라는 어머니 말에
오늘은 사십리는 훌쩍 넘길 것 같아
윗입술 코에 붙이고 훌쩍이며
밤송이를 줍는데

집에가서 물 가져 오라는 말에
룰루랄라 좋아지는 기분

밤까시

적청색 하늘에 별이 보이면

밤나무 밭에서 집으로

돌아가는 시간

종일 밤을 까다 퉁퉁 부은 내 손이

아버지의 커다란 손바닥에 묻혀

따듯한 온기를 느낀다

거친 아버지의 손에서

내 손으로 전해지는

아버지의 마음

앞길만 보고 걸었다

방 한 칸, 네 귀퉁이에

수북히 쌓여 있는 낡은 시간들

아버지와의 유일한 대화는

다리 주무르는 일

발가락 사이에 손가락을 끼워 비틀면

푸르르 떨기 몇 번에 아버지는 코를 곤다

해어진 속옷 사이로 보이는
아버지의 시꺼먼 등짝에
울긋불긋한 상처는
낮에 찔린 밤까시 흔적

잠 깰라 조심조심
엄지와 검지 손톱으로
한땀한땀 밤까시를 빼는데

그날 보았다
아버지 등을 가득 메운
흉터 자국을

양념통닭

할머니가 된 어머니들이
기다림도 설렘도 없이
마을회관에서 하루를 보낸다

무료한 일상
양념통닭 배달되는 날은
잔치라도 하듯
한바탕 난리가 난다

그 옛날
어려운 형편에
자식 키운다고 못 먹었는데

정작 먹으려 하니
이빨 없는 병신이 되었다고
씹지도 않고 삼킨다고
서로 보고 또 웃으신다

그 모습이 보기 좋아
한 달에 두세 번은 찾지만

이런저런 핑계로
못 가는 날엔
날짜라도 세고 있었던지
벙어리 되었다고
살아있는 병신이었제 하신다

한 상 그득하게 양념통닭이 놓이고
이 없는 환한 웃음이 마을회관을 채운다

어머니가 있는 풍경

정지문에 몸을 기댄 어머니가 있다

몸뻬바지에 옷깃
늘어난 누런 옷을 입고
둥글게 말린
등을 곧추세우는 어머니

짙게 물들어 가는 서쪽 하늘에
시선을 놓아두고
무슨 생각을 하고 있던 걸까

하루의 고됨이
고스란히 놓여있는 거친 손은
끝없는 길을 헤매다
돌아온 어젯밤을 더듬는지
자꾸 정지문을 쓰다듬고 있다

젖 달라 보채는 아이
울음을 끌어안고
이제는 꿈이 다 끝났다는 표정으로
아이의 울음을 어루만지고 있다

오래된 정지문을 본다
어머니가 없는 문은
비스듬히 기울어져 있다
울음 벽이 터질듯한 불안한 눈빛도 없다

서쪽 하늘은 여전히 붉다
그때처럼,

어른 성장기

탱자나무 가시로
손톱에 시커먼 때를 긁어내면

어머니는 새끼손가락 보다 작은
손톱 깎기로
손톱을 깎아 주었다

구들목에서 콩나물은
물을 먹고 곱게 자라 희고
내 손톱은 흙을 먹고 자라 시커멓튼가

손톱을 이빨로
꾹꾹 씹어 뗄 때는
울퉁불퉁 남은 전훈의 흔적 남아 들키고
날 선 이빨 괴물이
짭조롬한 맛을
감미라도 하듯 먹어치운다

손톱 깎기 싫어
손톱 깎기를 몰래 버린 날

내 손톱은 물을 주지 않아도
무럭무럭 자라나고

오랫동안 엄지손톱으로
검지를 긁는 버릇이 생기고서 알았다

세상이 손톱을 깎아주는
어른성장기가 있다는 것을

대화 1

" 어머이 여행 한번 갑시더 "

" 다리에 힘빠리도 없고
눈탱이 귀탱이도 다됐다 아이가
고마 내는 집에 있을란다
니나 많이 댕기오거라
돈이 있으모 뭐하노
늙응께 다 쓸데 없더라카이 "

" 맞지예 세월이 참 빨리 가데예
그래서 지는 딱 먹고 살만큼만 일합니더
좀 더 건강할 때 많이 걷고
보고 듣고 느낄라 카지예
금방 늙는다 아임니꺼 "

" 그래도 돈은 많이 벌어야제 "

" 돈 욕심이라는 게 끝이 없데예
건강하게 살라모 빨리 버려야지예 "

팔십 넘어 어머니가
사십 넘은 아들 머리를 쓰다듬으며

" 빨리 철들었네 "

대화 2

늙은 어머니와 아들이 이야기를 한다

" 사랑한데이 "
" 미쳤는갑네 노망들었쏘 "

둘은 대화가 없다
어머니는 일 년 후 죽었다

아들은 오십 년 동안
단 한 번도 하지 못한 말을 납골당에서 했다

" 사랑합니더 어머이
이 말이 진짜 어렵때예

못났지예 인자 그렇게 안살랍니더

아름다운 것을 보고
아름답다고 이야기하고
좋은 것을 보고
좋다고 이야기하고

고마운 사람에게

고맙다고 말하고

사랑하는 사람에게

사랑한다고 말하고 살낍니더 ”

팔십 넘어 죽은 어머니가

오십 넘은 아들을 보고 웃으며

“ 빨리 철들었네 ”

하동 요양원에서

어머니를 요양원에
입원시키고 나오는데
물끄러미 바라보는
어머님의 눈빛이
건조하게 텅 비어있다

늙는다는 것은
늙은 것은

내가 나에게
수만 번의 질문을 던진다

복도 끝에서 돌아보니
고향 집에서 배웅이라도 하듯
초점 없는 눈으로
어여 가라 손 흔든다

어머니 시야에서
벗어나려 걷고 걸어도
제자리걸음처럼 멀어지지 않는다

얼마를 걸었을까

마주 보고 손을 흔드는
어머니와 나의 사이는
멀어지지 않고
자꾸 어머니의 눈빛 속에서
맴도는 나를 발견한다

마지막이랑께

어머니랑 하동 요양원에서 탈출
남해안 고속도로를 달려
고향 집에 도착했더니
이 집은 내 집이 아니란다

깜빡이는 백열등에
어머니 기억도 깜빡이고
쇠잔해 가는 모습에
내 마음도
쇠잔해 가는 것 같다

어머니 왔다는 말에
한달음에 달려 나온
동네 아지매들
얼싸안고 춤을 춘다

“ 못보고 죽을랑갑다 했소 ”
“ 이게 마지막은 아니것제 ”
“ 마지막이랑께 나중에 봅세 ”

정신이 멀쩡한 건지 나간 건지

저만치 건너
작은골에서 울리는
딱딱새 메아리가 가슴을 파고든다

LEAF
CHARM

전어

고향 뚝방길을 걷는다

지나간 기억을 부추기는
전어구이 냄새로
나는 어린아이가 된다

산기슭에 어둠이 걸쳐지면
풀 뜯던 소가 먼저 집으로
길을 나서고
소먹이던 나는 소에 이끌려 갔다

온 동네가 산그늘에 휘감겨 어둑해지면
전어의 비늘이 불빛처럼 빛나는 걸까
하나둘씩 켜지는 불빛들

뚝방길은 허기에 더 길어지고
버드나무가 귀신처럼
늘어져 출렁거렸다

어둠이 한층 더 깊어지면
어머니의 목소리에 실려 오는 내 이름

귀신에 잡힐까 새가슴 되어
앞만보고 뛰어 마당에 들어서면

고비 풀고 달려간 소는 푸우푸우
숨을 고르며 마구에서 나를 반기고

아궁이에 쭈구려 앉아
전어 굽던 어머니는 잘 익은 전어 한 마리를
통째로 입에 넣어 주었다

고향 뚝방길을 걷는다

좁고 짧아진 지금의 길은
나에게 유년의 기억을 조금씩
걷어 들이는 시간

사이드미러

마을 어귀 모퉁이를
돌아설 때
사이드미러를 보면
은행나무 아래서
손 흔드는
어머니의 모습이 있다

우리가 보이지 않으면
춧담에 털썩 주저앉아
빈집의 무게를
혼자 느꼈을 어머니

지난밤 온 가족이 모여
시끌벅적했던 집은
숨소리마저 적막 속에
파묻혀 버렸다

떠나보내는 당신의 아픔에
비할 수는 없겠지만
남겨 두고

떠나야 하는 맘도
언제나 무거웠다는 것을

오늘도 마을 어귀를 돌아서며
나는 사이드미러를 본다

은행나무만 덩그러니 보일 뿐
어머니는 보이지 않고

자식 많아
쓸쓸함이 적겠거니 생각했을 텐데

정작 당신은
자식을 떠나보낼 때
여덟 번의 아픔이 있었겠구나 하는
생각을 하게 되니 마음이 아프다

졸업식

알람시계 없었던 시절에도
새벽 다섯 시면 어두컴컴한 아궁이 불빛에
보일락 말락 한 어머니 얼굴

잠에서 덜 깬 나는 눈감고 세수하고
이십리 길 학교로 나서면
어머니는 애잔한 마음에 마을 어귀까지 따라와
손짓으로 인사를 했다

해가 뜨고 지니 내 졸업식

아무것도 기대하지 않았는데
불쑥 나타난 어머니 모습에
선생님도 놀라고 친구들도 놀라고
부끄러워 도망쳐 숨어버린 나는
어머니 혼자 돌아가는 모습을 훔쳐보았다

도시로 유학 떠나기 전날 밤
들뜬 마음에 친구들과
밤새도록 웃고 떠드는 동안

옆방에 혼자 있던 어머니는
무슨 생각을 하고 있었을까

해가 뜨고 지니 어른이 되고

내 삶에 지치고 즐거움에 지치니
어머니와 나의 간격은 끝없이 멀어지고
모르는 사람처럼 데면데면해졌던
시간들이 아파 온다

지난 시간 속 어머니 생각에
눈물조차 쏟을 수 없는 미안함에
떠나가는 마지막 밤
막걸리 한 잔 붓고
할 말을 잃어버린 내가,
엎드려 있다

자형이 세상을 떠났다

데릴사위로 하동 신덕 작은골로 장가오셔서 고생을 참 많이 했다 척추 장애를 가지고 있어 세상 서러움 다 겪었다고 한다 아버지는 몇십 리 밖에 있었던 자형을 데릴사위로 데려왔고

자형은 팔남매의 가족이 된 것에 기분이 그렇게 좋았다지만 장애를 가진 불편함으로 힘든 농사일을 도와야 했기에 얼마나 힘들었을까 싶다

나락을 베고 탈곡기는 발로 밟고 풍로는 손으로 돌려 추수했던 시절, 반나절은 족히 쉼 없이 밟아야 했던 탈곡기는 한발로 서서 굴려야 했다 다리와 허리가 끊어질 듯 아팠지만 장인어른이 쓸데없다며 집에서 쫓아 버릴까 참고 또 참고 일을 했단다 그래도 그렇게 아기 놓으니 분가시켜 줬다며 그 옛날이 참 좋았다 이야기했다

자형은 내가 대학을 마치고 입사를 했을 때, 첫 양복을 사주셨다 철 지나고 색은 바랬지만 아직도 장롱에 있는 30년이 넘은 양복을 보니 가족이 된 것에 감사했다는 말이 생각나 울컥한다

기억

몸이 아프면 살고 싶고
마음이 아프면 죽고 싶다

기억은 꺼내
생각할 수 있지만
후회는 미친개처럼
통제 불가능해
마음을 아프게 한다

같이 먹었던 밥은
내 건강 챙긴다고
채식으로 바꾸고

놀면서 바쁘다 핑계대고
혼자 먹으라 했으며

산책도 늦게 걷는다며
혼자 앞서 걸었으니

늙어 아픈 몸에 마음은
또 얼마나 아팠을까

갈아 둔 주스를
꼬박꼬박 챙겨 먹으면서
고맙다 말 한마디 못 하고
눈살 찌푸리고 투정 부리고

저 멀리 떨어져 걷다가도
잘도 따라와
어느샌가 앞서가며 째려보던

오늘따라
미안하단 한마디 말하지 못한 내가
후회스러워 마음 아파한다

가볍게 가소서

노을 진 길을 따라 걷는
당신 뒷모습에서 느낀
쓸쓸함

같이 걷는 동안
말하지 않아도 좋았기에
천변에 흐드러지게 핀 꽃들마저
당신의 길을
만들어 놓습니다

세상에 혼자라는
그 쓸쓸함을 혼자 삭히며
걸었을 당신
가슴 터질 듯 아프기만 합니다

따듯한 말 한마디 해 주었더라면
어깨 한번 두드려 주었더라면
함께 더 천천히 걸어 주었더라면

오늘도
여느 때와 같이
당신이 있었던 이곳은
노을이 지고 있습니다

당신이 했던 말
말을 시키지 않아 좋다는 말이
아직도 귀에 맴돕니다

칠순 남매

나이 먹어 남 이야기가 들리지 않아
뭐라카는데 했더니
남편 왈 아무것도 들을 거 없다 하더마

집에서 남편 하는 말을
알아들을 수 없어
뭐라카노 했더니
이씨 이씨 하더라 했다

이 말을 들은 동생이

남편이 젊었을 때
말도 되지 않은 이야길 하면
이씨 이씨 했는데

나이 들어도 똑같아
이씨발놈이 라고 했더니

그 다음부터
슬슬 피하고 산다 했다

이 말을 들은 언니 왈
아이고 이제부터 묻지 않고
벙어리로 살아야겠다며

귀머거리에 벙어리로
살아갈 걱정을 하니

다들 웃음 꽃 핀다

쌍화차를 마시는 오빠

시장 골목 낡은 간판의 다방
아련한 모종의 온기를 느낀다

유리창에 드리워진 암막 커튼 사이로
테이블과 소파 위에 햇살이 앉아
한가롭게 시간을 튕기고 있다

미닫이 문소리에 놀랐는지
낯선 사람의 방문에 놀랐는지
모든 시선이 문 쪽으로 향하고
놀란 우리의 시선은 사방으로 흩어진다

쌍화차를 주문하자
" 오빠 정력 보충제 먹으러 왔쏘 "
간지럽게 울러 퍼지는 언니 말에
아버지 얼굴이 동백꽃처럼 붉어진다

" 새벽에 뭐... 했는 갑쏘? "
" 쌍화차는 아침에 먹어야제 "
일상을 만들어가는 대화

주름이 깊게 패인 아버지의 얼굴은
사춘기 소년의 얼굴처럼 환하게 빛나고
입가는 미소가 박제된 듯하다

" 오빠 다음에는 혼자 오쏘.
혼자면 커피 한잔에 천원이라
4명 언니에게 한 잔씩 돌리고도
즐거움은 네 배라
두 명 와서 먹는 거보다 싸당께 "

91세 아버지 얼굴에 웃음이 한가득이고
뜨끈한 쌍화차가 다 식어도
청춘은 끝나지 않을 것 같은 시간들이다

아주 먼 바다에서 밀려오는 파도처럼 출렁이는
이야기, 이야기들

스마트한 디지털교실

아버지 기죽지 말라고
아들놈이 효도랍시고
큼직한 스마트폰을 사 줬는데

너무 커서 손에 잡히지 않고
주머니에도 넣어도 들어가지 않아
쓰는 용도라곤 들고 다니는 것 외에 없네

아들놈이 선물 줬다고 자랑하는 것도
한두 번이지 도통 쓸모가 없다

쓸 수 있는 기능이라곤
전화 받고 전화 걸고 문자 보는 것

자식 놈에게 영상통화라도 오는 날엔
이것저것 누르다 끊어지기라도 하면
전화도 못 받느냐고
핸드폰 왜 가지고 다니느냐고 화 먼저 낸다

언제 사달라고 했던가?

갑갑하다며 가르쳐 주다
이것도 못하냐며 펄쩍펄쩍 뛰다 나가 버리니

애꿎은 액정 화면만 바라보다
배경 화면 가득 메운 손주 얼굴 보는 맛에
스마트폰이 좋긴 좋네라며 흐뭇해 웃는다

고맙다고 마음 담아 문자라도 보낼까 싶어
자판을 보니 글자는 보이지 않고
뭉툭한 손가락은 다른 것만 눌러대고

말로 해도 글자가 되는 음성 입력 기능을
처음으로 배워 자식 놈에게 장문의 문자를 보내니

평소에는 대답도 없던 놈이
좋다며 잘했다며 바로 문자를 보내온다

회사 일도 바쁜데 귀찮게 했다고 일보라 해도
일은 두 번째라며
이번 주에 집에 놀러 까지 온다는데

그래 이번에는 손주 용돈도

페이로 줘야지 하며

스마트한 디지털 세상에 입문한 실력을

자랑할 생각에 벌써부터 기분이 날아다닌다

sky
Schickeria
sky

노랑바림

1판 1쇄 발행 2024년 04월 22일
지은이 송팔용

편집 양보람 **마케팅·지원** 김혜지
펴낸곳 (주)하움출판사 **펴낸이** 문현광

이메일 haum1000@naver.com **홈페이지** haum.kr
블로그 blog.naver.com/haum1000 **인스타** @haum1007

ISBN 979-11-6440-568-8(03810)

좋은 책을 만들겠습니다.
하움출판사는 독자 여러분의 의견에 항상 귀 기울이고 있습니다.
파본은 구입처에서 교환해 드립니다.